浪兒의
바보사랑 세 번째 이야기

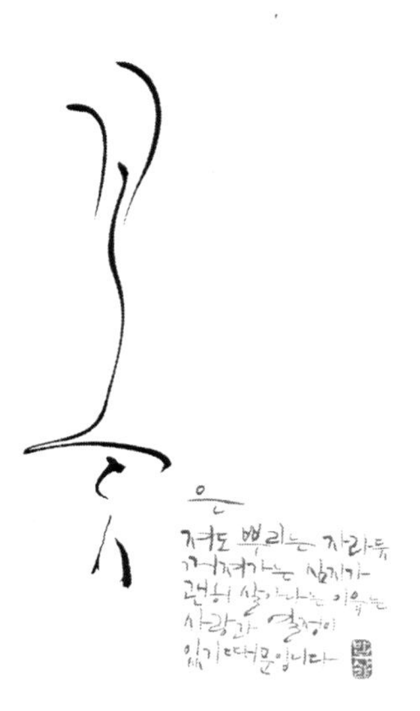

浪兒의
바보사랑 세 번째 이야기

초판 1쇄 인쇄 2014년 11월 21일
초판 1쇄 발행 2014년 11월 28일

지은이 浪兒(본명 박미나)
캘리그래피 浪兒(본명 박미나)
펴낸이 손 형 국
펴낸곳 (주)북랩
편집인 선일영 편집 이소현, 김아름, 이탄석
디자인 이현수, 신혜림, 김루리, 추윤정 제작 박기성, 황동현, 구성우
마케팅 김회란, 이희정
출판등록 2004. 12. 1(제2012-000051호)
주소 서울시 금천구 가산디지털 1로 168, 우림라이온스밸리 B동 B113, 114호
홈페이지 www.book.co.kr
전화번호 (02)2026-5777 팩스 (02)2026-5747

ISBN 979-11-5585-233-0 04810(종이책) 979-11-5585-234-7 05810(전자책)
979-11-5585-204-0 04810(SET)

이 도서의 국립중앙도서관 출판예정도서목록(CIP)은 서지정보유통지원시스템 홈페이지(http://seoji.nl.go.kr)와 국가자료공동목록시스템(http://www.nl.go.kr/kolisnet)에서 이용하실 수 있습니다.
(CIP제어번호 : CIP2014033890)

浪兒의
바보사랑 세 번째 이야기

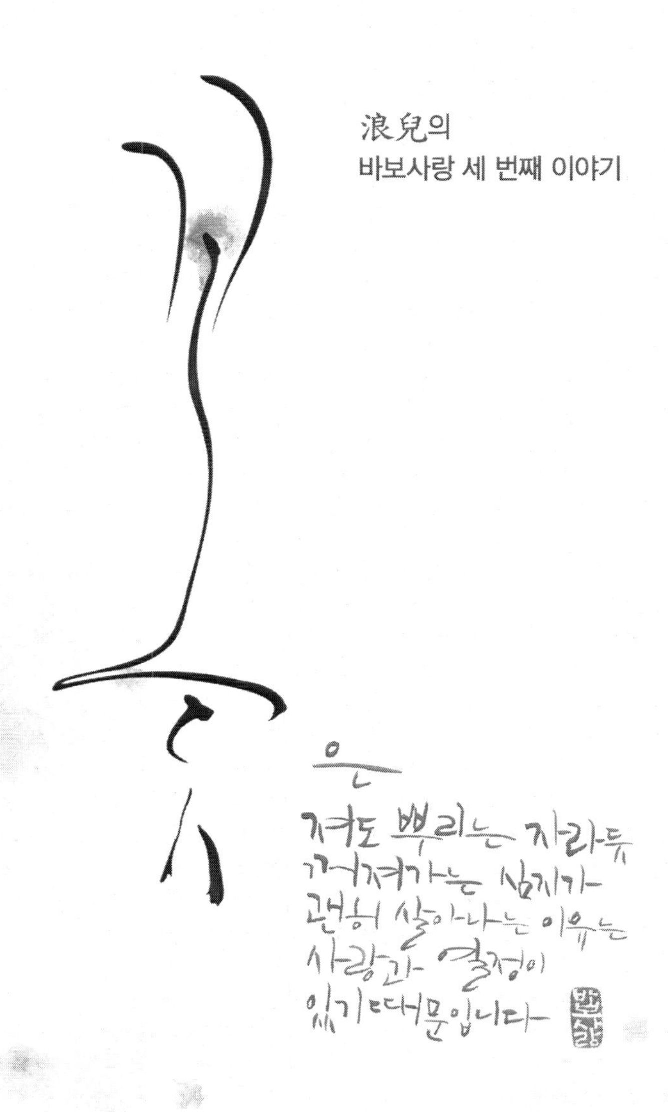

북랩 book Lab

Prologue

미워요

이제 그만-이라고
둘 중 하나
용기 내어 말할 수 있을 때
모질게 이별해요

가슴이 떨어져 나가고
하늘이 보이지 않을 때

잔인하게 심장을 도려내듯
이별이라
슬프지 않은 이별이라
서로에게 살인하며 돌아서요

사람에게 항상 그림자가 있듯
그 그림자 항상 잿빛이듯
빛의 반대 방향에서 방황하듯

나의 미련의 잿빛 그림자
도망치려 하면
더 가까이
당신께 가는 걸요

슬퍼서
가슴이 저며서

하늘이 미워서
햇살이 미워서

당신이라는 하늘

그 미소

그 햇살이 눈부셔서

제가 피하고 싶을 때

그때 잊어요

눈물이 나서

그 눈물에 제가 취할 때

이별이라

그때

이별이라 말해요

울어도

울어도

슬프지 않을 때

그대 내게

잊어 달라 애원해요

나 아닌 다른 사람과 너무 행복해서

햇살아래

밟혀지는 나의 그림자

귀찮아 못 견딜 때

제게

이별이라

말해요

제 안에 가슴은

제 것이 아닌 걸요

알 수 없어 눈물이 나요

하늘이 미워서 눈물이 나요

현실이 슬퍼서 눈물이 나요

어떡해요

세상 속
사람들은
현실에 못이기는 척
타협하며 사는 걸요

내 삶과 사랑에 돌을 던질 사람
내 사고에 손가락질 할 사람

싫어요
미워요

내 안에
세상이 없는데
내가 눈뜬 세상은
내 것이 아닌데

그.리.고

멀리 떠나가는 그대

내 속에는 있어도
잡을 수 없는데

그저 바라만 봐도
시야가 흐려지는
눈물-뿐인데

사람으로
선택할 수 없는 세상에 태어나
내 사랑 하나 가슴에
품으며 평생 살 수 없는데

모두들 어쩜 그렇게 살아가는데
뭐가 옳고 그른지

돌을 제게 던지는 당신과 같은 사람은

그걸 아나요?

내 속에 내가 있나요?

이 세상 어디든

사랑이란

그 말에 충성하며 살 수 있나요?

미.워.요

알 수 없는 세상보다

내 마음 속에 있어도

내 맘 하나 헤아릴 수 없는 사랑

바보 같은 사랑

당신이란

사랑이 미워요

꽃은

꽃은 목이 말라 물을 찾아요

꽃은 배가 고파 물을 찾아요

꽃은 쉴 곳 찾아 물을 찾아요

꽃은 물이 없어 시들죠

당신과 저

물과 꽃처럼

목이 말라도

배가 고파도

쉴 곳 찾아도

당신을 찾아요

꽃은 당신이 없으면 살 수가 없어요

2014년 3월 1일
"꽃은 져도 뿌리는 자라듯 꺼져 가는 심지가 괜히 살아나는 이유는
사랑과 열정이 있기 때문입니다"
바보사랑 세 번째 이야기

From 파도의 아이 랑

차례

제1장

바보 사랑

영원히 기억하고픈 찰라가 있다면
당신과의 첫 키스
그 하얀 기분

도전

사랑

그 끊임없는 도전에 대하여

끝나지 않는 시간이 있다면

끝나지 않는 시간이 있다면

당신을 기다리는 시간입니다

놓치고 싶지 않은 순간이 있다면

당신을 처음 만난 순간입니다

영원히 기억하고픈 찰나가 있다면

당신과의 첫 키스

그 하얀 기분

당신께서 제게 주는 마음가짐

고요한 기다림

잔잔한 기대

가슴이 뛴다

가슴이 뛴다
조금 빠르게
가슴이 파도친다
조금 거칠게
아득히 멀다
다가갈 수 없게
눈빛이 차갑다
가슴이 얼게

짝
사
랑

심장이 춤춘다
심장이 멈춘다

사랑을 시작하다- 미련한 사랑을

그는 내게

어려운 일이 있을 때

가장 먼저 불러줄 이

자기이길 바란다- 하였고

나는 그에게

낮고 비참히 쓰러져

누구나 외면할 때

가슴으로 안아줄 이

나였음 소망한다- 하였다

너를 보고 떠오른 네 가지 광고카피

내면의 아름다움을 위하여

오늘 벗겠어요

.

.

.

꾸며진 모든 것들을

-속옷 광고-

조여진 아름다움

난 너뿐야

-넥타이 광고-

매여진 편안함

난 너뿐야

-허리띠 광고-

쓸수록 차오르는 넉넉함

너를 만난 이후로

-다이어리 광고-

한걸음도 다가서지 않은 채

어쩌다 바라본 그대

향기에 취하다

어쩌다 마주친 그대

하얀 미소에 의식을 잃는다

한동안 눈을 감고

그녀 닮은 하얀 미소 입가에 간직한 채

꿈꾸며 잔잔히 있어야겠다

어쩌다 그대

바라보고 마주치는 일 없게

한참을 눈을 감고

이 자리에 서서

그대 향기, 미소

간직한 채 서 있어야겠다

한걸음도 다가서지 않은 채…

눈을 감고 말해요

그대 내게 사랑한다

말할 때

눈을 감고 말해요

그대 내게 이별한다

말할 때

눈을 감고 말해요

사랑한단 말

비오는 날에

이별하잔 말

햇살 밝은 날에

눈을 감고 말해줘요

빗속에 들리는 사랑의 울림

그대 감은 눈 위로

함박눈 되어 내리게요

햇살 밝은 날의 이별

그대 감은 눈 아래로

빗물 되어 내리게요

책갈피

미워할수록

전진하는 마음은

사랑합니다

말 대신

아름다운 당신

행복하길 바랍니다

사랑합니다

내 입에서 너에게 꽂히는 순간

너 마음속 책갈피 되어

오늘은 이만큼 와있네

그대 책 속 읽혀질 때만

의미가 되는 작은 책갈피

저 오늘 그 책에서 떨어져 뒹구네요
그 안에 꽂혀 슬플 때보다
낫네요
나 다른 깊고 넓은 책 속
사랑받는 주인 손안에서
하늘거리네요

오늘은
미움으로 전진하는 마음
그저 다른 사람으로도
보이는 이 세상 무엇으로
행복하길 바래

속삭이는

다른 책 속 책갈피의 속 좁은

또 다른 사랑이네요

미움으로 전진하는 마음은

사랑할 수 없어

옷 갈아입은

또 다른 사랑이네요

가끔만 보여줘도 돼요

가끔만 보여줘도 돼요

저 변덕스런 마음 때문에

가끔 울적할 때

쇼핑을 하듯

당신 멋진 모습 그때 보여줘요

얼굴보고 당신 몸도 보고

어디 하나 빠지지 않는 것

모르겠어요?

나름 세련되고 감각 있어

어찌어찌하면 최고일 것 모를까요

내 남자

제일 멋있다 하고픈 말

내 속에 있어요

멋있는 당신

내 안에 들어오던 날

이쁘게 한마디 건네요

"나 너 하나 믿음 되지."

참 이쁘고

맘에 쏙 드는 말 하는 당신

내 안에 들이네요

그래요

그거여요

나 당신 강에 빠뜨릴 때도 있고

누군가 당신 유혹하는 손길 있더라도

나 당신

무리의 벌들 피해 강에 밀 테고

유혹의 손길과

날 모함하는 소리들

질투로 눈멀게 하는 프시케의 누이처럼

멀리 하셔요

저 믿어요
좀 더 멀리 보고
좀 더 많이 안고
좀 더 깊이 빠져보니
저
당신 하나 끝까지 지키고 안아줄
가슴 하나 자신 있네요

돈이 많은들 유전을 가진 왕족만 하게요
몸이 좋은들 외모가 멋진들 그 이상의 사람
어찌하다 보니 만나고 사랑도 받아보았네요

영화 속
집으로 가는 길의
고수처럼
내 사람 하나
지키는 투박하고 우직한 마음 하나
그것 하나 키우는 것이

사랑이라는 것

그 사랑

너와 나

너는 내 편이고

나는 네 편이고

믿음으로 키우는 거네요

그때야 비로소

당신!

남편이 아닌

내 남편 되는 거네요

사랑해요!

내 편

내 것

내 남편

저네요

머리로 사랑할 때는
그 사람의 생각이
보이지 않았고

눈으로 사랑할 때는
그 사람의 내면의
아름다움을 보지 못했고

돈으로 사랑할 때는
그 사람의 따뜻한 손길을
느낄 수 없었습니다

살다보니

시간은

조금 멀리 보는 눈을

조금 깊은 사고를

선물로 주었습니다

그때는 보이지 않았고

느낄 수 없었던

그대 머릿속 생각

그대 내심

보이고 느껴지네요

살다보니

시간은 제게 돈을 주고

머리를 주고

사람 보는 눈을 주어

그리 말하는 당신

반대로 생각하는 머릿속

마음속 읽히네요

속인다
속지 않고

가린다
안보이지 않네요

단지
당신 사랑하는 마음
오늘은 남다르고 남달라
처음 하는 아가의 거짓말을
그저 그때 야단치지 못하는 어미의 마음으로
애틋하게 바라보네요

내게 얻고 싶은 것
사랑 아닌 실익이고
내게 줄 것
사랑 아닌 배신이라는 것
알면서도

저 이제는

그런 당신

머리로도

눈으로도

돈으로도

사랑하지 않고

가슴으로 사랑하네요

눈물로 그런 당신

사랑의 바다에 빠뜨린 채

혼자 우네요

그 바다에 몹쓸 당신 밀어놓고

그 바다로 가라앉는 당신

한없이 슬프게 바라보네요

그런 당신

내게 눈도 가져가

눈이 멀어도

몹쓸 당신
내게 머리도 가져가
바보가 되어도
돈도 뺏어가
빈털터리가 되어도

그저
내 가슴 한구석
영원히 살 수 있는
사랑 하나 준 것
감사하며
안고 울고 싶네요

시간이 지나
당신도
저처럼
아름다운 눈과
바다 닮은 사고와

누릴 수 있는 재화가 생길 때

그때는

그 가슴에

사랑이란

두 글자 써 넣고

나란히

제 이름 석 자 그려주셔요

그리고

한번 웃어주며

아름다웠다

그 추억

.

.

.

그것으로 만족하는

눈먼 빈털터리 바보가 저네요

꽃은

꽃은 목이 말라 물을 찾아요

꽃은 배가 고파 물을 찾아요

꽃은 쉴 곳 찾아 물을 찾아요

꽃은 물이 없어 시들죠

당신과 저

물과 꽃처럼

목이 말라도

배가 고파도

쉴 곳 찾아도

당신을 찾아요

꽃은 당신이 없으면 살 수가 없어요

사랑은

사랑은

기다림입니다

사랑은

지켜주는 일입니다

사랑은

바라보는 눈입니다

사랑은

아름다운 보석입니다

사랑은

안아줄 수 있는 가슴입니다

저

나와 다른 당신 비난하지 않고

아픈 당신 지쳐갈 때 안아주며

너만 내 보물이다

당신만 보이는 눈으로 바라볼 때

그때 당신 사랑하는 것이라

그때 오셔요

제2장

사랑과 이별

가끔은 그대 눈빛 유원(幽遠)하여
슬플 때가 있네요

이별 후에 남자와 여자

이별 후에

여자는 거울을 보며

다시 사랑할 수 있을까-를 고민하고

이별 후에

남자는 술잔을 기울이며

그 추억 잊을 수 있을까-를 고민한다

횡령죄

허락 없이 가져간

제 마음

돌려주세요

눈꽃

사랑은 넘치는데
이별을 이기지 못하나 보다
사랑은 넘치는데
미움은 지우지 못하나 보다
너 대신 이 눈물 얼마나 흘려야
이별의 산을 넘고
미움의 그림자 치울 수 있을지
사랑은 오늘도 넘치는데
오늘도 너의 눈물
눈꽃 되어 내 눈에 흐르는데…

사랑하는 이에게

사랑하는 이에게

돈 들여

환심 사려 말아요

이벤트 사이트를 헤매고

굳이 좋다는 데이트 명소를 찾는 수고 말아요

저도 참으로

나쁘고 사치스럽고 못된 시절 있어

좋은 옷

좋은 차

좋은 곳

많이 받고

가보았네요

우리

그저 진실한 마음 하나로 만나요

그리고 진정 내게 내 남자다

마음먹게 하고 싶거든

저 낭떠러지 끝에 서있거나

한 번도 겪지 못한 낮은 곳에 임할 때

내 손 꼭 잡아주며

사랑한다

세 번만 외쳐줘요

처음 사랑은

우리 만난 첫 순간부터 사랑했다

둘째 사랑은

지금 널 안고 울어줄 만큼 사랑한다

마지막 세 번째 사랑은

다가올 미래

내 심장을 기꺼이 내줄 만큼 사랑한다

그리고

내 편 되기

죽어도 내 말만 듣기

날 믿어주기

저 또한

당신께

그때 주고픈 한마디

당신보다

내가 당신

백 배 천 배

사랑해

꼴찌이길 바래요

이등이길 바래
지금은 이등이길 바래

나 매일 내 하는 일에 일등만 꿈꿔요

이등이길 바래요
삼등이길 바래요

꼴찌이길 바래요

나 매일 내 하는 일에 일등만 꿈꾸고
나 매일 당신께
이등 삼등 사등
이후로 꼴등이길 바래요

당신께 저 마지막 여자로 만나

지치고 힘든 일 다 겪고

서로 꼭 안고 울어주는

끌찌이길 간절히 바라요

하루의 선물과 함께한 당신

아침, 여름, 햇살, 창문

눈 떠

떠오른 단어들입니다

한밤 같이 재워버린 핸드폰에 눈이 갑니다

그새

무얼 고민하고 혼자 외로웠는지

주인이 나오지 않는 문을 두드린

나그네가 된

쓸쓸한 부재중 전화들

어디 아프셨나요?

고민되는 일들이 밤새 당신을 괴롭게 했나요?

아침, 햇살, 여름, 창문

아침은 오늘의 시작이고

햇살은 하늘의 웃음이며

여름은 계절의 절정이며

창문은 하루의 프롤로그입니다

아나요?

당신 안에서

하늘거리는 제 마음

창문을 열어

이 아침

어제와 또 다른 공기를 힘껏 마셔요

오늘의 시작도

하늘의 축복도

계절의 기쁨도

밖으로 내딛는 한걸음도

당신의 미소네요

아침, 햇살, 여름, 창문

이것들이

당신과 함께할 하루의 소중한 선물입니다

당신께 드리는 오늘의 제 마음입니다

사랑합니다

사랑하는 사람을 기다리는 것은

사랑하는 사람을 기다리는 것은

참으로 행복한 일입니다

사랑이란

오랜 시간 함께 하기에

족할 삶의 목표가 있을 때

너와 나 더한 행복이겠죠

저는 달려가고 당신은 힘이 됩니다

저 꿈을 향해 두 팔을 벌릴 때

당신은 저를 무등 태우고

더 높이 날라며 힘을 써주십니다

이미 예견된 이별이 덜 슬프듯

우리 사랑 오래오래 지속될 것이라는 기대로

불안하지 않네요

사랑합니다

매번 도망가던 당신

매번 도망가던 당신

왜

제 가슴속에 꽁꽁 숨어 나오시지 않나요

못된

청개구리처럼

너 꺼 내 꺼

너 꺼 내 꺼
가르건대
모든 것 내 것인 오늘이 행복하지 않으니
모순이다
내 입술
내 시선
내 마음
모두 돌려받은 나
이별이라 하는 입술이 밉다
이 시선 머물 곳 없어 슬프다
이 마음 집 잃은 아이처럼 당황스럽다

내 것 네 것 가르며
싸우던 우리

너 다 줄 것 그랬다

오늘

다 내 것인데

이리 아플 줄 알았다면

진작에 다 줄 걸 그랬다

사랑이 깊어지면

사랑이 깊어지면
목이 마른가 봅니다
기다림이 길어지면
갈증이 나나 봅니다
사랑과 기다림의
메마른 땅
쩍쩍 갈라져
빗물이 흐르네요

당신께 사랑을
고백하던 날
답 없는 하늘에서
유난히 비가 많이 내린 이유도
마시지 못하던

술을 마신 이유도

사랑, 기다림
그 지독한 목마름
그 지독한 갈증
때문이었나 봅니다

유언

하나님은

죽을 때

딱 한 가지

가슴에 품은 소원

들어주신다네요

어떻게 찾았을까요

참 이쁘다

당신

싸우지 않아요

도망치지도 않아요

한눈팔지도 않아요

고양이 앞의 쥐처럼

독수리 아래 사슴처럼

이기지 못할 상대

당신이네요

내 눈 한가득

당신만 보이네요

저

남은 시간

아무리 계산해 보아도

이별의 답 나오지 않고

그대

한번 물면

상대

숨통 끊어질 때까지

물고 있는

사냥개 기운이라

저

유난히 긴 목 가지고

태어난 사슴이라

숨어있던 나

찾아서 물고 있는 당신

어떻게 벗어나게요

내 자식 잘되라

전생의 죽음 전

빌었던 조상처럼

당신

전생의 유언

'내 사랑 다음 생에

다시 만나길

그때는 이별 말길'

빈 소원

어찌

비껴갈까요

사랑은 그대로인데

사랑은 그대로인데

욕심의 나무 그늘 아래

싸우네요

사랑은 그대로인데

이기심의 바람결에

이별하네요

너와 나 가슴 뛰던 시간들

하나가 되던 순간

벅찼던 행복 여전한데

이후로

나보다 그대 생각하던 마음

하루하루
제가 바라는 것이 많아지네요

한번 보자-던 소망
나만 보라-는 욕심으로
퇴색되네요
너와 나
아름답던 사랑의 정원에
어느새 감당 못할 나무가 자라
욕심과 이기심의 열매가 무성하네요

너와 나
우리가 되어
편하여지고 소홀해져
사랑은 그대로인데
틈틈이 자라난 못된 나무로 숲이 되어
무성한 숲속
스산한 바람에
그늘진 슬픈 이별이 우네요

하늘 보는 정원에서

사랑할 때

해주던 말

이별 후에

몹쓸 말로 퇴색되네요

많이 사랑했고

당신을 본 순간부터

지금까지 그 마음

변함없다-는 말

참으로 미운 제가 참으로 몹쓸 말 또 한 번 건네요

건강하고

좋은 생각

이쁜 것들만 당신의 마음에 자라길

나쁜 생각 나쁜 마음 먹고 살지 말기

힘들고 지칠 때 쉴 수 있는 정원을 만들려 해!
하늘이 보이는 정원을
오늘도 하늘 보는 정원에 당신과 누워
건네지 못한 몹쓸 말만 되뇌이네요

너무 멀리 가지말기…

당신은 알지 못해요

당신은 알지 못해요

다 자라지 못해서
다 피지 못해서
낮은 나무처럼
작은 꽃처럼

한 해가 가고 두 해가 가겠죠
그리고
기억할 수 있는 일들 중에
밉게 남은 제가 있다면
용서하셔요

이유 없이 눈물이 나

내게 다가서고

곁에 있고

호흡했던 것들 중

어떤 것이

진실이고 거짓인지

편을 갈라놓고

매일 싸움질을 시켜요

오늘은 그 두 놈을 섞어놓아요

하나는 파랑 하나는 빨강

섞어놓다 보니

파랑이라는 진실이 더 많이 보이기에

당신을 아련히 보아요

무죄 유죄를 가르는 극과 극으로 판단컨대

진심이 오늘은 이겼네요

내심 제대로 표현 못하던

참으로 바보 같은 사람

내 사람 밀어두고

소중한 마음 모두 주고

먼 사람 앞에 두고

찻잔 주고 밥상 주고

예의 다 차리지만

정작 마음 한 조각 흘리지 않던 당신

멀리서

바라보아요

그런 당신

다쳐진 마음

다가서면

더 상할까

미움의 가시 빠질 때까지

멀리서

촉촉

똑똑

눈물만 흘리네요

사랑을 이기는 이별이라

사랑을 이기는 이별이라

이산 저산

올라가

목놓아 외쳐본다

사랑하고 싶다

사랑하고 싶다

나쁜 당신 욕하다 닮아가네요

나쁜 당신 욕하다

닮아가네요

매번 거짓말하던 당신

매번 약속 어기던 당신

나쁜 당신 욕하다

닮아가네요

오늘도

미운 당신

그래도

-그립다- 말하는

솔직한 마음

-아니다- 속이네요

매번 -잊겠다-는
그 약속 어제도 오늘도 못 지키는 걸 보면
내일도 그러하겠죠

나쁜 당신 욕하다
돌아보면
나도 -잊겠다- 약속 못 지키며
매일 -잊었다- 거짓말하네요

자신에게는 관대하다는 말
제가 그러하네요
미운 당신 욕하다
그러할 이유 있었겠지
다시 한 번
불러보네요

그러할 이유 있었나요?

미운 당신 욕하다

나쁜 당신 닮아가네요

미련한 미련의 찻잔

내가 놓지 않아 식지 않네요

제자리걸음

언제부턴가
제자리걸음이네요

앞으로 갈 수 없고
뒤돌아 갈 수 없는
지독히 슬픈 제자리에 있네요

당신은 어디쯤 가셨나요?
저 아직 그 자리에 있어요

어릴 적 나올 수 없는 진흙탕에 빠져
두 다리 내 의지대로 움직일 수 없어
슬피 울던 기억의 장소
그 자리에 서서

떠나는 당신
울먹이며 바라보고 있네요

멀어지는 당신
멀어서 들리지 않는 거라
위안하며
침묵으로 불러보네요
당신은 어디쯤 가셨나요?
뒤돌아 볼 수 있나요?
저는 가지 못해 있어요
당신 없이 나올 수 없는 그곳에 서서
열심히 제자리걸음 치며

왜 다시 오려 애써요

왜 다시 오려 애써요
사과도 해야 하고
미운 감정 지워야 하고
주렁주렁 달고 와야 할 것들
많은 제게
왜 굳이 다시 오려 애써요
다른 사람 만나요
다른 사랑 해요

사랑할 때 물음표만 그리던 우리

사랑할 때
물음표만 그리던 우리
이별 후에
점점점

멀리 있어도
마음 약한 당신
자존심 강한 당신
못다 한 말 건네지 못하고
마음으로 흘리는 눈물
느낌표로 전해오네요
사랑은 물음표로 싸우다
이별은 느낌표로 우네요

이별하러 갑니다

촉촉이 젖은 눈

아련한 눈빛

스산한 표정

초저녁 안개 낀 회색빛 필터 속 세상

이별하러 갑니다

사랑은 뜨거운 가슴 안고

한 걸음 한 걸음 전진하며 백기를 드는 비굴한 전쟁인데

이별은

천천히 뒷걸음치며 후퇴하는 일이라

그 와중에

당신께 포로로 잡힌 제 마음 찾아오는 일이라

가슴에 한 개씩 깨알 같은

사연과 슬픔과 미움의 총알을 만드네요

못다 한 사랑의 포로

미련은 앞걸음 쳐도

발걸음은 뒷걸음치며

후퇴하는 일이라

독재자의 머리

아직 뜨거운 마음

힘없는 발걸음 따로 노는 짓이라

이별을 겪은 후부터

사람은

위선을 배우나 봅니다

슬픈 눈빛

촉촉한 가슴

초저녁 안개 낀 하늘을 보는 스산한 눈빛

이별의 전쟁터로 가는 길

주섬주섬 급하게 집어든 무기들입니다

한 걸음 한 걸음 그 길 가면서

피투성이가 되는 나

이별은

사랑보다 더한 사랑인가 봅니다

존재하는 것이 머무르지 않는 것처럼

존재하는 것이 머무르지 않는 것처럼

존재한다는 것

수많은 나날의 기록이겠죠

그대

눈빛이 낯설지 않아 머무른다는 것

드라마 속 전생을 믿는

소녀와 같은 마음이네요

그대

너무 멀리 가지 마요

영영 못 찾을지 몰라

내 눈빛 놓치지 마요

천 년을 다시 헤맬지 몰라

존재하는 것이 머물지 않는 것처럼

수없이 많은 날 기다렸을지 몰라

편지

산다는 것이
천사로 태어나 천사로 죽었으면 좋겠습니다

존재하는 것이 시들고 지는 것은
시간을 이기지 못하기 때문입니다
무중력의 우주가 존재하듯
어딘가는 시간을 이길 수 있는 공간이 존재하리라 믿습니다
십 년이 가고 또 십 년이 가겠죠
이렇게 열 번이 지나면 시드는 인생
무엇 때문에
헐뜯고
모함하고
다치게 하고
사는지 알 수 없어요

살면서

더 마시고

더 안고

더 즐기고

더 누리고 싶은 것이 있다면

그저

당신을 사랑하는 마음입니다

천사로 태어나 천사로 죽고 싶은 꿈

당신에게 읽혀지는

지워지지 않는 편지이고 싶습니다.

100년의 편지…

산

너는 바람 따라 흐르고

나는 산을 오른다

너는 내게 산이라

나는 바람이고 싶다

제3장

작은 소리

사랑은 어설픈 시를 쓰게 하고
시련은 어설픈 삶을 이야기한다
사랑은 시를 완성케 하고
시련은 삶을 완성케 한다

그렇다 그러하다

네가 내게
뭐라 속삭이는 듯하다
안 들린다

세상이 그러하다

가끔 내가 사는 세상이 내 것인지 궁금할 때가 있다
오늘이 그렇다

열정

재능 있는 사람 위에

열정 있는 사람이 있습니다

열정은 꺼지지 않은 불꽃입니다

타고난 재능이 없더라도

천재를 감동시키는 바보가 되고

실익이 없더라도

부자를 감동시키는 장인이 됩니다

타고난 고운 목소리가 아니더라도

산속 득음한 명창이 될 수 있고

타고난 붓이 없더라도

영혼을 그리는 화가가 될 수 있습니다

열정은

재능보다 실익보다 빛나는 보석입니다

당신의 눈빛에

열정을 보는 순간

저는 당신을 믿습니다

태초에 밤은

태초에 밤은 그림자를 가질 수 없었습니다
밤에 빛을 보며
사람들은 열광하였고
태초에 밤은 그림자를 가질 수 없었습니다
빛과 그림자
당신을 모르고 태어나
빛으로 나타난 그대 때문에
이 밤 길어진 그림자로 우네요
필연처럼

빗자루

어릴 적 동화 속의

요술할머니는

하나같이 이쁘지 않은 빗자루를 타고 다녔어요

그때는 몰랐네요

빗자루

당신 내게 요술 빗자루 하나 주네요

하늘을 타고 나네요

당신께로 가네요

착지한 내 맘에

이별로 떨어진 낙엽 쓸어주네요

하늘을 나는 비행기가 아니라

쓱쓱 빨아들이는 청소기가 아니라

당신 내게 빗자루네요

꿈으로 나는 빗자루

하루하루 쓸어주는 빗자루

그래서
당신이 참 좋네요

이제야 아네요
어릴 적 동화 속 요술할머니가
타고 다닌 것이 왜 그것이었는지

루비

어느 날 루비가 소년에게 왔어요
루비는 사람들의 탐욕으로 쫓겨 다니다
시골 한적한 마을에 숨었고
소년을 만났죠
루비는 소년의 순수함이 참 좋았습니다
루비는 한동안 소년과 행복했지요
시골 마을에서는 볼 수 없는
빛나고 멋진 루비를 소년도 좋아했어요
루비의 빛은 금방 소문이 났고
그 빛을 따라 여러 마을 사람들이
소년의 마을로 찾아왔습니다
탐욕의 찬 이들은
루비를 갖기 위해 소년을 유혹하기 시작했습니다
소년에게 도시에 불빛으로 현혹하고

루비가 못된 이 불빛 중 하나라고
당신과 마을을 파멸시킬 악마라고

.

.

.

소년은 아름다운 루비를 매일 의심하다
루비를 강가에 던져버렸습니다
탐욕의 괴물은
루비를 삼키고 그 빛으로 위장하여
마을과 소년을 태워 버렸데요

어리석은 사람은
아름다운 것의 가치를 알지 못하고
우둔한 사람은
진실과 거짓을 구별 못합니다

내 인생을 밝혀줄 누가 루비인지

내 인생을 태워버릴 누가 괴물인지

지나간 과거의 경험으로

오늘도 내일도 고민해야겠습니다

일탈

조각조각 쪼개진 시간을 안고
초침처럼 또각대며
바쁘게 걷는 일상의 연속

식사 하러
나선 길
매일 가던 식당을 외면하고
일탈을 해버렸네요
선한 바람과 이쁜 하늘
하늘하늘 내 마음을 흔드네요
마음 가는 대로 물결을 타네요
몽유병 환자처럼 꿈결처럼
이곳에 순간이동 했네요
에라 모르겠다

내게 한 시간의 휴식을 주네요
늘어지는 걸음을
투정 부리는 아기를 억지로 끌고 가는
어미처럼 매번 탓했네요
오늘은 게으른 발걸음
자유롭게 놔두어 보네요
산책 나온 강아지처럼 이리저리 뛰어도 다니네요

나무도 이쁘고
바람도 맛있고
새소리도 아름답네요

고작 한 시간의 일탈에
온통 아름답고 이쁜 것들뿐이네요

이 모든 순간
온전히 나네요

욕망

자유롭고

아름답기

위하여 글을 쓰고 읽습니다

자유

아름다움

살면서 매일 불러보고

안고 싶은 최대의 욕망인 듯합니다

신나네요

시인으로 태어나

시인으로 살다

시인으로 죽는다는 것이

때론 가난하고

때론 억울하고

때론 비참하여도

선택받은 시인으로

펜 하나 들고 우는 일

힘들고 슬픈 일이라

피하고 또 피해도

그 길

가시밭길이라

가기 싫어도

선택받은 자

한 몸뚱이 둘 곳

절벽 끝에 두고

떠나면 낭떠러지 정상에 두고

신 내린 여인이라

신께서 주신 대로

그렇게 슬피 울며

펜 하나 다시 들고

가시밭길로 찾아드네요

시인을

줄여 말하니

신이네요

신이 선물한 시를 쓰는 슬픈 시인이네요

슬퍼서 신나는 시인이네요

나그네

하늘은 눈물을 훔치고
바다는 파도를 삼킨다
대지는 자리를 옮기고
나무는 뿌리를 다진다

세상 구경하러 온 게지

어미의 사랑으로 나와
세상의 악을 배우는가
하늘의 축복받고 나와
세상에 죄악을 남기는가
이 땅의 정기를 밟고 서서
힘없는 자를 누르며 서겠는가

하늘은 태양을 품은 채
비를 내리고
밤을 주듯
바다는 파도를 숨긴 채 잔잔하듯
대지는 아무도 모르게 공전하듯
나무는 하루하루 소리 없이 뿌리를 다지듯

하늘의 시련은 태양의 의미를
바다는 강자의 겸손함을
대지는 소리 없는 진보를
나무는 지식인의 강직함을
이야기한다

겉으로 보이는 것에 물들지 말고
귀로 울리는 것에 현혹되지 않으며
내 밉게 자라는 마음 잘라 버릴 때
비로소
한세상 장님 아닌 현인으로
귀머거리 아닌 지식인으로
가식 아닌 진실된 마음으로
맨발로 멋스레 걸어보았다

훗날
후회 없는 세상 구경했지
하늘이 주신 하얀 미소 안고 하늘로 날 테지
저 하늘 나는
한 마리 새처럼…

평등

겸손은

또 다른 이름의 교만이라 한다

겸손은

또 다른 이름의 위선이라 한다

너와나

하나같이 하늘의 축복받고

한세상 한배에 탄 친구인걸

저 쓰러져 뒹구는 노숙자보다

잘났다 하겠는가!

저 절뚝대는 장애인보다

잘났다 하겠는가!

의식 없이 자유로워진 적 한 번 있는가?

손가락질 발길질 맘대로 받을 정도로
내 안에 숨 쉬고 뒹구는 도덕적 내심을
밀어두고 철저한 좌뇌의 외침대로
맘대로 전진하여 낭떠러지 끝에서 오열한 적 있는가!
저 길거리 야인이 부럽다
그의 맘대로 자빠지고 쓰러지는 자유의지가
부럽다
내 욕심 하나 내 작은 호주머니에 넣기 위해
뚜벅대는 우리
저 장애인보다 더한 장애인 아니던가!

누가
겸손하라 했는가
누가
교만하라 했는가
누가
위선하라 했는가

그저

하나 똑같이 주신 한세상

오늘도 무사히

걷고 뛸 수 있는

두 발 주심에 감사한 게지

나와 같은 친구들과 함께

.

.

.

그것이 하나님이

주신 평등인 게지

시를 보라

눈을 적시려면
영화를 보고
가슴을 적시려면
시를 보라

정보를 얻으려면
뉴스를 보고
사랑을 얻으려면
시를 보라

어디로 가냐 물으니

어디로 가냐 물으니
정처 없이 간다- 하더라
어디로 가냐 물으니
속절없이 간다- 하더라

어디로 가냐 물으니
그 후로
대답이 없더라

더할 말이 없나보다

미안타
실속 없이 물어서
세월아

살기 위하여 떠났는데

살기 위해서 떠났는데
그 이별이 슬퍼 죽고 싶을 때

참 아이러니다

삶

찰나의 눈속임 속에
보여지는 실체에 관하여
보지못한 진실에 대하여
보지않은 존재로 인하여
보고싶은 허상을 향하여

바라고 속고
아파하고 꾸미며

걷고 뛰고
넘어지라 시작된
내 의지와는 상관없는
백 년의 경주

경기는
목적지에 도달했을 때
승자와 패자가 갈리듯
산다는 것
살다가 죽는 것이 아니라
죽기 위해
시작된 것이 아닌가 싶다
너 넘어졌다 비웃을 수 없고
너 빨리 간다 부럽지 않고
너 뛴다 따라가지 않는 이유

삶과 죽음

사랑과 이별

존재와 진실이

마주보는 날

또 다른 시작이

다른 각도에서

또다시

내 의지와 상관없이

진행된다는 종교적 사연

무엇 하나 믿지 않던 내가

가끔

이별한 곳으로 가고 있을 때

떠나온 곳이 그리울 때

가끔은

그런가 한다

유원(幽遠)

가끔은

그대 눈빛

유원하여

슬플 때가 있네요

밤과 그늘

빠르게 걸어도 멀다

숨차게 뛰어도 아득하다

빛 없이 살수 없어도

쉴 수 있는 그늘을 찾듯

태양을 볼 수 없는 이유

타기 때문이다

밤과

그늘의 의미

.

.

.

해가 비를 멈출 수 없는 날에

해가
비를 멈춘다 생각지 마요

밝은 날에 쏟아지는
소나기는 어떻게 설명할래요

해가 비를 멈춘다고 생각지 마요
거짓말처럼
햇살이 쬐는 날에
녹아내리는 슬픈 비를 어떻게 설명할래요

밝은 날에
내리는 슬픈 비를 어떻게 말해줄래요
매일매일 기쁜 날에

슬피 우는 당신의

그리움은

비인가요

거짓말인가요

해가 비를

멈출 수 없는 날에

도리

힘든 손으로 뻗지 못하고

내가 힘들 때에는

희망의 배만 마음으로 띄우나 봅니다

그 작은 파장 타고

그 사람 온다면

참 기쁘겠지요

그게 쉽게 떠나도 하루가 존재해주는 이유

작은 내가 하는

작은 도리겠지요

빈손

참 슬프다

영원한 것이 있었으면 하는데

소망하는 것과 손에 쥐어지는 것이 다르고

하루는 쉽게 떠나고 저 산은 멀다

어느 시인이 말했지

빈손이 가벼울 줄 알았는데

가장 무겁더라고

빈손

.

.

.

여전히

여전히 잘하는 일
그대 내 안에 가두는 일
아직도 서투른 일
그대 내 밖으로 보내는 일

싸우지 마셔요

모든 파장을 읽다보면
소리 내지 않아도
벽이 있어도 멀리 있어도
꽃과 나무의 음성도
침묵의 이야기도 들립니다

미세한 떨림에 대한
포착 능력이 발달한
시인들
별에서 온 그대의
김수현의 이야기가
픽션으로만 느껴지지 않네요

하루하루

한 버스에

한 시간에 만날 수 있는 인연이 몇이나 될까요?

만나지 않았다고 존재하지 않는 것도

들리지 않는다고 말하지 않는 것도 아닙니다

존재하는 모든 것들은

나름의 파장을 가지고

태어납니다

또깍대는 시계도

함께 자는 침대도 이뻐해주셔요

사랑한다

사랑한다

오늘은 푹 자야겠습니다

며칠 전부터
매일 제가 그리워 울던
옛 애인의 울음소리 들리지 않네요
아마 죽었나 봅니다

약 떨어진 시계처럼

.

.

.

싸우지 마셔요
험담하지 마셔요

모든 사물이 나쁜 소리에
멈추는 것처럼
일찍 죽어요

빈손이 슬프다

가벼움… 내 삶
빈손… 없어도 슬픈 내 삶
소망… 그래도 가고픈 그곳

빈손이라도
힘든 손 잡아줄 수 없기에
더 슬프다

구름

무거움으로

하늘을 날고

가벼움으로 부끄러

바다 속에 숨네요

왕자와 거지

백삼십 년 전 마크 트웨인의
왕자와 거지

왕이 된 거지는 옥쇄로 호두를 까먹었고
왕자는 우외곡절 끝에 왕좌를 찾는다

백삼십 년 후
그 옥쇄는
너와 내게 왔고
나는 그 옥쇄 못 봤는데

너는 누구에게 주었는가?

거지? 왕자?

사랑과 시련

사랑은 어설픈 시를 쓰게 하고
시련은 어설픈 삶을 이야기한다

사랑은 시를 완성케 하고
시련은 삶을 완성케 한다

엄마를 찾아 주셔요

매일 가는 길을
습관처럼 걸었습니다
무의미한 것은 아닙니다

그곳
꽃과 나무, 그리고 새들
참 이쁜 곳이 있습니다
꽃에게는 참 이쁘다
나무에게는 참 멋지다,
새들에게는 참 귀엽다,
칭찬하는 곳입니다

매일 가는 길을
습관처럼 오늘도 걸었습니다

그런데

오늘 그곳이 문을 닫았습니다

"월요일 휴일"

매일 가던 그곳

나는 그곳에 공원이 있다는 것을 알고 있었고

그 길을 기억하는 것은

내 두 발이였고

나는 머리로

언제 그곳이 문을 닫는지

마냥 좋아서

알려고도 알지도 못했습니다

오늘

·

·

·

닫혀진 공원

그리고

그리운

꽃

나무

새

오늘에서야

그 공원 앞에서 숨이 턱 막힙니다

그리고 그제서야

내 머리에 반짝이는 기억

저 건너편

이보다 작은 공원이 떠올랐습니다

숨이 막혀오는 길에서

좌절 없이 그 공원으로 발길을 옮기며

좀 더 빠른 걸음으로

아니

뛰닙니다

'작지만 그곳에 공원이 있었어'
아직 저 그곳에 가지 못한 채
이 글 쓰지만
그 곳에는 공원이 있던 것을
저는 기억합니다

작던 크던
내가 보던 새와 나무 꽃만 있으면
족합니다

이 길에
어릴 적 엄마 손을 잡고 갔던
먼 친척 큰 저택이 떠오릅니다

작고 보잘 것 없는
우리집에서 보지 못한
번쩍대는 물건들
맛있는 음식들

마냥 좋아
만지고 먹다
사랑하는 엄마한테
한소리 들었던 것도 같습니다

한동안 저를 바라보던
엄마는 제게
그리 말하셨습니다

"너 여기 좋으면 여기 살아
엄마 혼자 갈 테니까"

그 말에
저는 안고 있던
내 것이 아닌
큰 인형을 힘주어 멀리 던지고
천하장사의 힘을 내어
두 팔로

엄마의 목을 꼭 안은 채로
울었던 것 같습니다

저는 지금
눈물이 납니다
그리고 숨이 찹니다

'월요일'
공원이 문을 닫는 날
매일 가던 그 큰 공원에
가고 싶어서가 아니라

내일이면 다시 열릴 그 공원
기다리는 오늘
하루의 공기도 비축하지 못한 나
오늘 살게 할 기억 속
그 작은 공원
오늘 혹시

그곳도 문을 닫았을까 봐
눈물에
빗물에
뛰어 갑니다

그 어릴 적
나 혼자 두고 간
큰 저택을 나와
작은 내 집으로 가는 길
나 아직
기억하지 못하는 어린 아이라
엄마 손 놓칠까 봐
눈물범벅이 된 아이
넘어지고 뛰면서 외쳐요

"엄마를 찾아주서요"

작은 새도 날거늘

먼저 간다고
아는 척 마라
영원히 살지도 못하면서

높이 있다고
잘난 척 마라
새처럼 날지도 못하면서

일찍 죽고
깊게 떨어질 뿐이다

작은 새도 날고
하늘은 높다